感谢我的女儿、女儿的老师、关心我的领导朋友
以及我的父母。

“窗含西岭千秋雪，门泊东吴万里船”是唐代诗人杜甫眺望西岭雪山留下的千古名句，而我有幸生长在西岭雪山下——成都市大邑县。

这里留下了我儿时的快乐时光。幼时，家里贫穷，常常和小伙伴们光着脚丫、背着背篓一起割草、放牛、拾粪。改革开放后，家乡换新颜，昔日的故居，变成如今的高铁站，崭新的楼房一幢连一幢，建成了雪山下的公园城市——大邑。远方的朋友，我在高铁站等你，带你一起游大邑的雪山、温泉、庄园和古镇！

没有豪言壮语，没有海誓山盟，在我痛苦时，拥抱着我；在我伤心时，替我疗伤；在我孤独时，陪伴着我，这就是我家的“菠萝狗”。不，“菠萝狗”不是狗，它是爱的天使、爱的见证，它让我看到女儿的爱有多深、多浓。“妈，你一个人在家很孤独，我给您买了一条狗。”这是女儿送给我的礼物。

握不住的青春，是你忘了等我，焐不热的人心，随风而去。就算生活给我百般苦味，我仍然要选择微笑着歌唱。如果灾难不能把我打倒，那么它就会助我成功。像公主一样出门，像汉子一样工作，活成自己喜欢的样子，勤奋、努力工作，保持完美状态，告诉自己：我是一种独立向上的力量。

当我忙得没空去想快不快乐时，快乐就会突然到来。成功就是站起来的次数比跌倒的次数多一次，艰难困苦从来不是魔鬼，面对它时我表现出的萎靡和屈服才是最大的灾难。

躺在花园里的秋千上，小鸟在迎春花枝头上对我歌唱，围栏边上的蔷薇花又开了，翻新的土壤里，我又撒下了500颗种子，花色满园的时候，春节就到了！此刻，就差一碗热气腾腾的味道，待我填饱肚子，便可以在这里写诗吟唱了！远在他乡的宝贝，不知道有没有想我呢？我一切很好，勿需挂念我！我是铁打的伊人，不管别人怎样欺负我，我都顽强地挺立在那里，眼泪时常被我一口吃掉，化作一股力量！宝贝，今生有缘遇见你，是上天眷顾我，有你，才让我变得刀枪不入，百毒不侵！有你，才有今天这样勇敢的我！在你追梦的路上，我会陪着你一路走下去，一路歌唱！宝贝，我爱你！

一页一页地歌唱

一页一页地歌唱

Live a good life
step by step

何菊芬 / 著

四川文艺出版社

图书在版编目（CIP）数据

一页一页地歌唱 / 何菊芬著. — 成都：四川文艺出版社，2024.1

ISBN 978-7-5411-6821-5

Ⅰ. ①一… Ⅱ. ①何… Ⅲ. ①诗集 – 中国 – 当代Ⅳ. ①I227

中国国家版本馆CIP数据核字（2023）第215557号

YIYE YIYE DE GECHANG

一页一页地歌唱

何菊芬　著

出 品 人　谭清洁
责任编辑　叶　茂
封面设计　叶　茂
责任校对　段　敏
责任印制　崔　娜

出版发行　四川文艺出版社（成都市锦江区三色路238号）
网　　址　www.scwys.com
电　　话　028-86361802（发行部）　028-86361781（编辑部）

排　　版　四川最近文化传播有限公司
印　　刷　成都东江印务有限公司
成品尺寸　140mm × 203mm　开　本　32开
印　　张　5.25　字　数　100千
彩　　页　8
版　　次　2024年1月第一版　印　次　2024年1月第一次印刷
书　　号　ISBN 978-7-5411-6821-5
定　　价　58.00元

自序

我曾梦想有个幸福温馨的家，我在欢歌笑语中相夫教子，陪着孩子在鸟语花香的园子里歌唱，在四季轮回的季节里带给父母欣慰，用满心的笑脸带给别人温暖与希望。

女儿的童年在缺失父爱的煎熬中度过，我也曾绝望地站在高高的阳台上徘徊，想象我一跃而下后的情景。可是，想到我跳下去了，我的父母亲人会悲伤难过，我的女儿会被人欺负……我也想象自己遁入空门四大皆空，可父母和女儿是我无法割舍的牵挂。

当我正视我的生活，我突然意识到，既然我把女儿带到这个世界上，她就是我一生的责任，我要做女儿的雨伞，我要努力活成她的骄傲和榜样。

可是生活又何尝是想象中的那么简单？在我的工资还不够交房子按揭款的那段时间里，我断绝了和所有朋友的往来，一个人担起了生活的重担，我利用工作之余的空闲时间背着女儿打了几份工：当家教、送报纸、卖烧烤、当茶楼服务员等，什么活都干，什么苦都吃，什么委屈都能够吞下……很长一段时间，一天只能睡一个多小时，那个时候的奢望就是能够睡一个懒觉。当女儿回家不见我的时候，我总会骗她，妈妈工作很忙很忙，她努力读书就是对妈妈最好的回报。我从来不敢告诉她生活的窘迫和艰辛，有时候让我的心痛到无法呼吸，我背着女儿哭过、醉过、绝望过……但是在和女儿相依为命的日子里，她的努力与孝顺又让我充满了力量，我不能让女儿遭受别人的白眼，我不能让女儿没有钱读书。

我常常会暗自懊恼，今生最对不起的是女儿，在女儿最需要关爱和陪伴的时候，我为了挣钱而不能陪伴她。至今还记得女儿张贴在我床头的字条："妈妈，我知道你挣钱供我很辛苦，可是我不希望你忘了我。"我何尝不想陪伴她呢？可是，我必须要成为她的避风港，我必须要挣钱生活……有多少次我想躺下，因为心力交瘁、因为劳形苦心，可是我躺下了谁为我遮风挡雨呢？于是，我抹干眼泪，强颜欢笑，计算着女儿毕业的时间，小学四年级、五年级、六年级，初中一年级、二年级、三年级，高中一年级、二年级、三年级，终于和女儿并肩熬过了9年，3285天。日子在一天一天的盼望中熬出了头，2017年那个夏天，女儿以文科高考609分的成绩获得了全县第二名，考上了四川大学。

我以自己的人生经历写下这本诗集，希望在以后的人生路上我和女儿继续奋发向上，不向困难低头，生命因爱而无价，不管生活给予我们多少苦难，想一想爱我们和我们爱的人，我们就会有足够的勇气披上战甲，迎接更加美好的明天！

夕阳无限好，春已回大地，热情的春天里，我要翻开生命的画卷，一页一页地歌唱。

目录

一 页 一 页 地 歌 唱

琴瑟

结缡

忐忑

涅槃

余

琴瑟

一　页　一　页　地　歌　唱

那辆单车是邂逅的爱情

那辆单车
是我们前世五百次的回眸
我把你
淹没在我身体的每一寸
用福尔马林
佛说，这辈子
我们还能相遇

紫色的连衣裙上
还残留着我们的记忆
你说，我只是
你生命中的匆匆过客
和童话里的公主

我依然穿着
那条紫色的连衣裙
用我千年的修行
等风，等雨
等你的擦肩而过

我走在四季
轮回的那条路上
花瓣凋零在空中
满地都是桂花的金黄
你依然骑着那辆单车
还是前世的模样

可以请你跳舞吗
舞池里
扭动着男女们
疯狂的腰肢和臀部
我坐在幽暗的角落
憧憬着
和你步入舞池的一刻

昏暗的灯光下
我们轻轻地舞着
我的心跳得好快
几乎要蹦出来
我们忘记了时间
忘记了自己

我极力控制住

自己的那份羞涩
在幽暗的灯光下
你悄悄告诉我说
你喜欢我

你塞给我一张纸条
你告诉我说
那里面承载着
你我幸福的天堂

我们的故事开始于
那一串又一串
闪光的宝石项链
灯光之下

姻缘

冬日的阳光暖而不辣
我沿着马路从东向西
用纤纤脚丈量着路程
你骑着单车　从天而降

单车可以搭上你吗
你极具磁性的声音对我说
而我早就醉恋于你
那淡淡忧郁的眼神

两颗滚烫的心燃烧在
山野外被日光蒸发的水汽之间

约会

灰蒙蒙的天际
闪烁的霓虹灯下
我悄悄地打开了
临别时
你塞给我的那张纸条

在太阳慢慢升起的早晨
我又一次路过
和你相遇的那个地方
你的模样早已烙在
我的心里
我的梦里
我的脑海里

红红的太阳像火球一样
高高地挂在天空
花草树木无精打采地
低下了头
你抱着我
不停地转动

梦想在这一刻实现

我再一次感受到
你的热烈
我的心跳
在那个炎热的夏季
在火红的石榴树下
两颗纯粹的心
约会了

游烟霞湖

在佛光的照射下
我历经了千年的修行
终于
点燃了你的灵魂
原来
你还记得我们的前世
原来
你还记得我们今生有约

所幸
你是为我而来
我用双手抱着你的腰
坐在摩托车上
感受着你滚烫的灵魂
和我炙热的心跳

原来
那辆单车被你锁在
没有空气的尘埃里
尘封起来了

那是我们的爱情
不让它腐朽堕落

鱼儿悄悄跳出水面
和阳光亲吻
你划着船　迎着阳光
迎着风浪

一只喜鹊飞到你的肩上
烟霞湖见证着
今生
你要做植物
让我做含羞草

爱情会长久吗

听说
爱情是不能长久的
我们的爱情会长久吗
毕竟
牛郎不知道
织女也不知道

爱情是热情的混合物

锅里
羊肉和豌豆尖轻吻着
桌上
水沿着瓶子的裂缝渗透出来
携着暮霭，拉着微风
蹚过千山万水
消失在
附着羊肉味道的烟雾里

你靠在我旁边
翕动着厚厚的嘴唇
把头转向我
爱情并不需要去远方寻找
爱情就是这锅热情的混合物

合欢花

月亮挽着星星
覆盖了夜空
王母娘娘把
浅蓝和夕阳
罩在深宫里

坐在星星点亮的
田野里，听夜莺缠绵
让微风拥抱

原来我们是
遗失在人间的
一朵合欢花

岳父母

远处
炊烟袅袅
空气中传来
小孩们的打闹声和嬉笑声
那是我
儿时的小村庄

蜜蜂围着满地的金黄
低着头
吮吸着菜花的乳房
风儿还认识
麦苗还认识
小鸟还认识

春风收藏着
海枯石烂，天涯海角
你要承诺
一辈子做我的
衣裳和拐杖

公婆

列车缓缓启动
带着满满的行李
带着我　带着你
踏上回你家的旅途

思绪早已伴随着
列车的狂叫和
一节节车厢的共鸣
吹到了来时的方向
儿时的小伙伴
早已成了新娘新郎

列车带着快乐在奔跑
醉意蒙眬中
我嗅到了幸福的味道

村庄小道屋檐旁
夕阳的红枣树下
公公婆婆牵着小狗
挥舞着双手

笑声在空气中

久久回荡

杏花默不作声

杏花开遍山野
杜鹃千姿百态
姹紫嫣红的五月
我们躺在
漫山遍野的杜鹃花海里
诉说着我们的青春年华

一群蜜蜂飞来飞去
吮吸着花蕊
清风跨过
高山的坎坎坷坷
踏着浪漫的脚步
叼来片片花瓣
撒在我们的
脸上嘴上鼻子上

你说花好香
我说景色太美
千万年的光阴
从我们身体里穿过

我们的手紧紧串在一起

天空作媒大地为床
幸福惊醒了沉睡的时空

誓言撒落在风中
随风飘散
杏花在远远的山头默不作声

结编

一页一页地歌唱

婚礼

几间低矮的瓦房
横空挂在山里那条小路边
睡梦中，你仙乡里的爷爷
从遥远的天国向我飞来
抛给我一双绣花鞋

我坐在房门里看你
看门框上火红的对联
月亮跨过窗口跳进来
和我谈情说爱

铺盖上堆满了
枣子花生桂圆莲子
夕阳携着蓝天逃回了东宫
庆贺喜宴的客人早已散尽

你脱下了
我穿的那双绣花鞋
关上那扇简陋的木门
黑夜里

星星和云朵见证了
我成了你的新娘

怀孕

心
在情感上找到了归属
我们在山火中
碰撞燃烧

灰蒙蒙的天空
寂静得令人害怕
连一丝鸟鸣也没有
你抚摸着我的脸庞

海边、沙滩上、夕阳里
思念聚成了波涛汹涌
激情在拥抱中绽放

睡梦中
一个白色长须的长者
挥舞着手中的刷子
对我念念有词

从此

一个幼小的生命

在体内开始生根发芽

怀孕的日子

一个人上班，一个人上街
一个人买菜，一个人煮饭
一个人吃着不喜欢的食物

一个人忍受着妊娠斑爬上脸庞
一个人躺在床上发烧
一个人去医院检查

一个人驮着另一条生命
穿梭在大街小巷
从怀孕到分娩
一个人挺着，一个人忍着
这就是异地恋

分娩

凌晨两点
一股暖流
顺着大腿流向小腿
打湿了裤子和床毯
妈妈赶紧带着我去了医院
助产士说新生命就要来到

一阵阵剧痛牵引着
周身每一个细胞
妈妈轻柔地
重复着关切的话语
我挣扎着，呼喊着
就连房间所有的空气
也能理解我的疼

剧痛一阵又一阵袭来
额头上滚动着豆大的泪珠
抚摸着体内扭动的婴儿
身心的绝望和无助感
暂时被掩了起来

你终于赶了过来
无奈地目睹着
我全力地挣扎和呼喊
疼痛愈演愈烈
我的身体无力到
不能再等到顺产的到来
你用焦虑和期盼
在手术单上签上了名字

我被推进了产房
脊椎里
被麻醉师注射了麻药
我紧张而幸福地等待着
和宝贝经历一场旷世的分离

我的胸疼得快要爆炸
嘴干渴起来
舌转不动了
医生惊呼着
赶快抢救
我失去了意识和知觉

黑暗中
我被一道亮光吸引着
飞向了一个圆形的隧道
隧道里除了光啥也没有
这难道就是传闻中的
地狱之门

产房外
医生慌忙地跑进跑出
可怜的家属们
还不知道产房内发生的事故
所幸
麻醉科专家从天而降
所幸
上帝眷顾我和宝贝

我在地狱之门绕了一圈
经历了生离死别
迎来了宝贝的诞生

珍珠宝藏

天
忙碌了十二个小时
残存的一丝柔情
也被晚霞拖进阴霾里
我一直走在你的影子里
从露珠打转到荷叶低垂

那是回家的路途
山间下面的那间小瓦房
太阳升起又落下
床头上挂着的新婚快乐
依旧躺在墙壁上翩翩起舞

空气中弥漫的声音
分明是从你嘴里飘出来的
被烟雾惶恐地吸进时空里

而我
依旧坐在新婚那个房间里
欣赏着

历经九九八十一难

怀胎十月

换来的珍珠宝藏

岁月无痕

风携带着种子
寻求着温润的气候和土壤
蒲公英摇曳着轻盈的身姿
四处寻找着她的新郎

岁月无痕
人世荒凉
很久没有了联络
不知你去了何方

一只乌鸦叼来一句话
风做证，种子做证
土壤做证，蒲公英做证
婚房里的空气做证

从此
我把你还给了你
牵着我们的女儿
在黑夜里
迎接狂风暴雨

今生今世

虚拟世界啖心甘言
我把嫁妆换成了电脑
从此
微风细雨里
烈日高温下
我瘦弱的身躯
穿梭在大街小巷
在光的影子里来回奔跑

可口的饭菜
准时端到电脑桌上
你紧张的神态至今难忘
我以为你在拼命吸收养料

清晨
你躺在电脑桌上撒下天罗地网
在爱的气息里游荡
黄昏
你久坐电脑旁默默守望
我端来你爱喝的那杯饮料

我以为你熬夜是为了吸取养料

透过厚厚的电脑
也能感觉到你的疯狂
和激情四射的心跳

躺在桌上的那台电脑
满载着你爱的记忆
却锁住了我们的今生今世

思念

贵阳
那个令我魂牵梦绕的地方
终于
盼到了那个假期
我无数次梦里周游过的地方
河流如绿化带　高山如碧玉发夹
你在想我吗
思念过我吗

我把自己装进你的枕头里
静静地，不言不语
此刻
你冰冷地躺在我的心脏里
吞噬着我跳动的灵魂
慢慢枯竭，僵硬

光从窗外洒进来
我看见了你的脸庞
泪从我的眼角落下来，满是哀伤
原来你心中那个

可以陪你相濡以沫的那个人
不是我

你是篝火，我是飞蛾
只能在你的身边飞舞
却无法拥抱你的温度
我要把躯壳化作飞蛾
扑在篝火里死去

我要把灵魂抽出来
捏成一束柔光
放进你的身体里
感知被你宠爱的幸福

我把心揉碎

躺在你的气息里
从周六到周七
我在等你
在空旷的宿舍
嗅你的行踪
闻你的方向

明明你的影子
还印在那盏台灯下
我却抚摸不到你的胸膛
感知不到你的温度

泪水打湿了枕巾
双眼模糊了视线
我把心揉碎
丢给了黑夜

理由

夏风吹过
菜花早已被四季轮回
秧苗摇摆着尖尖的脑袋

我出身卑微
没有荣耀的光环

路过的小鸟在呜咽
风儿抹着泪
蒲公英听着她的狂吠

稻谷、玉米、麦子
猪、牛、羊
躺在大地的怀抱
繁衍着地球的子孙后代

余音绕过
清烟飞逝
树木见证着她
带着高傲的身躯

在西天
俯瞰着底层的芸芸众生

正月初七凌晨一点

正月初七凌晨一点
地球仍然围绕着太阳公转
恩爱的情侣们正在诉说衷肠
新生的婴儿如约降临人间

我用牙咬着自己的拳头
怕啜泣声在黑夜闹响夜空
惊扰了所有

泪
终究还是汇成了一串串珠子
顺着脸颊、嘴角、胸膛滴到地上
没有铺盖和褥子
房间的空气都是冷的

我的心迎着刺骨的寒风
夹杂着朵朵梅花般的雪
蜷缩着微微发抖的身躯
躺在地上
挑战着自己
挑战着忍耐寒冬的极限

我的心

我的心
早已血肉模糊
就在那个冰冷如铁的夜晚
你扼住我的喉咙
不准我与生命欢歌

我的心
早已累了
无数次欲绝无助的夜晚
悲哀早已抓不住我的心

我的心
再也燃不出火焰
你便是那罪魁祸首
是你
冷藏了我跳动的血液

我要把
我的心锁住
不让你进我的心门

手机设置成了呼叫转移

呼叫转移
又是呼叫转移

誓言
终敌不过时光的转盘
开始霉变腐烂
谎言
戴着虚伪的面纱
直奔我而来
一发不可收拾
在我丝毫没有准备
赤手空拳的时刻

我用尽所有的力量
趁暴风雨还没有来临之际
将女儿抛向那个伊甸园
怕誓言带给她绝望
怕谎言带给她伤害

终于

暴风雨如期而至
淋在我的头上脸上身上

原来
誓言根本就不可信
天空中洒落的雨水
是我无处安放的眼泪

答案

在家家户户
忙着杀猪宰羊的季节
所有对我的冷漠
终于找到了答案
没有愤怒，没有血压升高

我的心早已千疮百孔
在黑夜里无数次被针抓出来
放在泪水里缝缝补补
你低头不语
我们的故事结束了

我不知道爱情是否来过
推开尘封已久的心门
看见积雪已经融化
树上、花上、草上的露珠
是我日夜期盼换来的泪水

消失在雪花里的爱情

透过厚厚的窗帘
我还是听到了
雪花坠落的声音
终于
掩饰不了心尖上的忧伤
在雪花坠落的瞬间
我又一次把心掏出来
裹在被窝里哭泣

美丽的狮子山上
蜡梅花盛开了
朵朵雪花，嵌在树枝上
你从雪花中走来
悄无声息地
消失在我的眼前

渐渐地
小雪花变大了
变厚了
我们的爱情

终于

消失在白皑皑的雪花碎片里

那把红雨伞褪色了

风夹杂着闪电
雨越下越大
我知道你正在来的路上
挥舞着你手中那把红雨伞

透过模糊的镜片
依稀看见那把红雨伞
早已褪去它原有的颜色

暴雨模糊了我的眼睛
你依然打着那把
本属于我们的红雨伞
消失在我的眼前

没有座位的火车票

女儿三年没有看到过你的模样
脚趾早已长过那双粉色的皮凉鞋
期盼的心搅拌着斑斑血泪
在1095个日夜星辰
和无数个背着书包上学的季节

我们艰难地谋生
岁月却斩不断思念
多少次梦回
撕心裂肺的呼唤
敲疼了沉睡的心脏

我牵着女儿
被卷进拥挤的人海
弱小的身躯
被淹没得无影无踪

我在人山人海的广场四处张望
拽着那装满回忆的行李箱
牵着女儿在寻找

一个女人抱着初生的婴儿
提着大包小包、步履蹒跚地
挤进没有缝隙的售票大厅

黑压压的人群里
那双有力的大眼睛在闪烁
越过排山倒海的人群
我抢到了两张没有座位的火车票

透过厚厚的镜片
我看见女儿满脸汗水的容颜
和晶莹的泪花
在拥挤的人群中
我高举着两张没有座位的火车票

躺过火车的轰鸣声去见你

我的家
我的女儿
我的未来

在无数次被粉红色
诺言包裹
在合欢花开满枝头的季节
我踏上了那趟没有座位的列车
带着我们的女儿
躺过火车的轰鸣声去见你

火车上
有人坐在窗户边
看外面的风景
有人戴着耳机
听着悠闲的歌

而我
只能在凌晨之后
等到过道上的吆喝声

彻底消失在夜空中
才能抱着心爱的女儿
坐到人行通道的地上

躺过火车的轰鸣声去见你

火车头愤怒地吐着火星
拖着十几节车厢
冲向黑暗的夜空

终于，天亮了
远处的山上
笼罩着淡淡的白云
我看见蔷薇花开了
玫瑰开了
栀子花也开了
我们躺过千山万水
躺过火车的轰鸣声去见你

我爱夏天，也爱你

打开柠檬水的瞬间
我看到了夏天
月季花儿簇拥着开放
浓浓的、纯纯的、没有一点染色
牵牛花开得真艳

你忍不住摘下一朵戴在我的头上
晚霞烧红了天空
所以，临时决定
爱这个夏天的傍晚
也爱你

欢快的舞步不知啥时候慢了下来
梳妆镜透视着我的百褶裙
来不及背上行囊
我狼狈不堪地追那渐行渐远的彩云

风捎来话，捎来了话
我们的爱情，早已被风
吹到了绝情谷、断魂崖

可是

山间那淡淡花香的野百合

明明还是

曾经来时熟悉的味道

不敢问当年是假是真

相夫教子
洗衣做饭
青丝早已染上颜色
心却陷进深渊
灵魂没有了颜色

相濡以沫数载
我的心早已满目疮痍
在冷冷的黑夜

孤独的心在梦里醒来
不敢问当年是假是真

我要寻找我的爱人

狂风暴雨中
我用尽所有幻想
却闻不到味道
感受不到呼吸

我在崎岖的山路上搜索
在泥泞的深沟里爬行
雨水洗涤着泪水
我把树枝当作拐杖
奔赴有你的方向

梦里的歌声是我熟悉的旋律
我伸开双手去拥抱你
一条大河无端地在我们之间横亘

我满身血迹和伤痕
一只丹顶鹤拨开层层乌云
将我从黑夜拽向黎明
却拽不动你在我无措的梦里

曾说爱我一万年

曾对我说爱我一万年
为何一转眼
却把爱化成了云烟
我漂泊的心被压在三生石下面
祈求今生沧海桑田

南归的清晨

柔美的长发
甜甜的嘴唇
夕阳西下
温润如玉的身躯
喃喃地呻吟

时光凝固了
血液凝固了
连同那颤抖的灵魂
一同都交付了出去

夜感动了起来
你我感动了起来
一只黄鹂鸟
从天空中俯冲下来

月光下
有几座连绵起伏的山丘
山里
传来了布谷鸟的叫声

为了今生偶然的相遇
我们甜蜜憧憬地等候了
二十八个风雨兼程

为何一转眼
只能出现在
我的梦里、泪里、思念里

我决定
在大雁南归的清晨
迎着太阳
背着月亮
拽着星星
前行

等你在黑夜

桂花开了
石榴红了
百日草绽放着她的美艳
我守候在
开满玫瑰花的窗前
穿着我们第一次见面时的
那条紫色连衣裙
等着黑夜降临

天黑下来了
繁星覆盖了大地的苍翠
空气中缠绵着秋蝉的低鸣
你是否忘了回家的路
我忍受着夜凉如水

我撕开胸膛，点燃心灯
高高挂在窗前
只为引你来到我的身边
我的热血快要凝固
我的青丝已爬上白发

我把梦魇切断

等你在黑夜

今夜你会不会再来

我又看见
带有烙印的那只手
我委屈得不能呼吸
倾诉着我的过往

一只小鸟
闪动着柔美的翅膀
叽叽喳喳飞扑过来
栖息在
被烈焰炙烤的迎春花枝上

我从梦里走来
拾起孤枕边一串串带血的泪珠
眼泪的存在
只是为了证明悲伤不是一种幻觉
今夜你会不会再来

忐忑

一页一页地歌唱

一个人哭泣

黑夜笼罩着我的心
我守在没有你的路程
一个人哭泣

曾经的誓言
已随风飘去
蔷薇早已开满枝头
遮挡了窗外的天空
心中的苦难
无人诉说

黑夜吞噬着我的心
我守着破旧的灵魂
一个人哭泣

泛黄的照片
是我青春的容颜
时光也转不回
我逝去的人生

一个人睡觉

雨还是一直在下
就算　烟雾升到空中，雨点坠下
就算　蒲公英飘到你的心田

一个人躺在床上　一个人睡觉
一只羊、二只羊、三只羊
曾经你和这烟雾混在一起
烟雾曾迷没我的眼睛
钻进你的脑子里

一阵轻烟飘过
一切都消失了
我从梦中醒来
只剩下你飘忽的影子

我把心揉碎
酿成一壶老窖
洒在那堆烟雾里

我看见那只蜗牛

爬出来了

化作一道闪电

把时空照亮

雨还是一直在下

我还是一个人睡觉

日子

夜再深
掩不住我的狼狈
没有你的街头
我在孤独里游走

夜太长
道不尽半生的沧桑
没有你的日子
我在寂寞中狂欢

酒杯太浅
盛不下半世的心酸
没有你的相伴
我留泊在路的尽头

星星今晚伴我醉
等你等到我心痛

我的哀愁

你把我
丢在冬雪里
独自耕耘田野
心之垠
沉静包围着悲咽

我在
冰刀上前行
在衰草里听蝉鸣
在泪瞳里找季节
我的心
无味地滚烫

青春的容颜
失去了拥抱
我向大地
细诉我的相思

我要将梦里的忧愁
寄到你的怀抱

悲吟之菩提里

你可找到我的哀愁

不要哭泣

今夜
无助与绝望再次席卷而来
无助到针刺心尖
绝望到生无可恋
太多的委屈与伤感
只能一个人去体验

千疮百孔的心
已不再跳动

我强压着心中
那种不受控制的怒火
用尽所有力气
捏灭这团火焰

用最低沉的声音哀求自己
控制住自己
不要哭泣

青春年华

痴情无人懂
热血被践踏

我们曾
携带爱的羞涩
等候在故乡的街头
那辆单车
邂逅缘分

岁月熬不住寂寞
时光偷换了人心
留下光影在梦里
你消失在故乡的街头

飘荡的灵魂
分不清你我
泪儿熄灭了红烛
今生之缘就此别过

风中的草儿在摇摆

杜鹃、山茶、梨花
吐着清香
春风如此温暖

我要放
一匹感情的野马
去追逝去的青春年华

女儿的童年

又是一年佳节
大人们忙碌起来了
吃的喝的穿的用的
把传统的风俗融在
嘴上身上佳肴上
我还不能回家
忙着给女儿遮风挡雨
忙着撑起这个家

女儿拿出那双早已不适时令的
粉色皮凉鞋
胆怯地伸开颤抖的双手
打开尘封的儿时记忆

灯笼挂起来了
天空像着了火
无数颗星星
拨动着岁月的指针
顽皮地眨着眼睛
转动着岁月沉淀的沧桑

女儿的童年呢

在那个无助的雨夜街头
那双粉红色的皮凉鞋
陷进了路边低洼的水坑

她是一颗无助的种子
被风吹落在空旷的田野里
任凭雨打风吹
在寂寞的夜里
悄悄地躺在泥土里
任伤口发芽生根

我喜欢黑夜

站在时光的边缘
在朦胧的夜晚
我抖动着光阴的故事

黑夜中
我看不见你
你也看不到我

我害怕黑夜
可我还是喜欢黑夜
只有周围漆黑一片
我和我的眼泪才是安全的

爸爸

在无垠的沙漠
在无边的海岸
她嗅到了你的味道

狂风卷起大量浮沙
淹没了深深的脚印
惊涛卷起巨浪
洗劫了所有的记忆

我的宝贝哭了
在梦里
在猫狗都酣睡入梦的时辰

她又看见你了
寂寞的夜空
回荡着撕心裂肺的呼唤
爸爸，爸爸，我要爸爸

陪伴女儿的日子

无数个天未亮的日子
群星熬不住晨曦的光芒
陨落在清晨的鸡鸣狗吠
和一道道人间烟火里
小棉袄踏着路灯下的影子
奔向中学

我疲惫地瘫坐在人间烟火里
想白天的工作
想那道数学难题
想催款提示

火红的结婚证上
两张青春的脸
依旧在跳跃微笑

无数次寒风凛冽中
小棉袄遥望着远方
幻想着
渴望着

晨曦翻滚着暮霭
烈日撕扯着残雪
六年的光阴里
委屈和泪水
轮番上阵，悄无声息地
撕扯着小棉袄孤独的心灵
泪水被坚强的吞进肚里
化作了一层层垫脚石

终于
熬过了寒冬
熬过了春夏
小棉袄跨进了大学的校门

孤独

轻轻地关上门窗
隔去外界的喧闹
一个人独处
细心品味寂寞的滋味

寂寞得心安
孤独得快乐
放下心中的惦念
真心体会，原来
寂寞是更有价值的清静

人不独处
不会有冷静缜密的思考
寂寞是辉煌的前奏
在孤独中寻求自我
实现自我

人在旅途
心安即家
孤独
是我独自挑战生活的命运

“菠萝狗”

我要在夜幕降临之前
把菠萝带去见见余晖
它被我
整天关在那个狭小的笼子里

清冷的院落寂静无声
除了风微微地吹过来，吹过去
整个大地已沉睡
偶尔还传来其他楼道的犬吠

我必须要在天亮之前
把忧郁
装进黄昏的暮景里碾压
把苦痛倒在暮景里消融
勾兑出一副黯然的欢乐

至此以后
我陪着菠萝
菠萝伴着我
空气了解我

树木了解我
花朵也了解我

贷款

评估师正在来的路上
那挂满思念和回忆的花园楼房
即将成为抵押物
我的心竟激不起一点涟漪
平静得像一潭死水

幸福树摇曳着不变的身姿
一阵风吹来
一片片枯叶落下来
轻歌曼舞地，在空中飘飘悠悠

我把回忆摘下来揉碎
装进用痛苦缝制的布袋里
丢进挂满红珊瑚的火炉里煎熬
独自将它吞饮而尽

太阳是幸福的
因为它光芒四射
海是幸福的
因为它反射着太阳欢乐的光芒

而我命运中的一切不痛快的事
从此以后，都会由愉快来补偿

被束缚的自由

我在花园里来回走着

太阳出来了
透过树枝洒落在我脸上
两只喜鹊栖息在树梢上喃喃细语
火红的珊瑚已挂满枝头

原来
你像闪电一样
悄无声息地打进我的心坎里
原来
你从我的心里爬过
让我永远再难康复
原来
你像枷锁一样
让我失去了所有爱别人的自由

时光煮雨

我把阴郁撕成了碎片
丢进了书桌上那个塑料花池里
栀子花长出了许多白色的须根
那是我去年
扦插在水池里
被摘掉了花的花枝
花枝在四面透明的花瓶里自慰
犹如我一个人气喘吁吁地
行走在人生的道路上

我守候着
期待栀子花的发芽和滋长
将回忆和希望做成了调味剂
加进到我的人生经历里
拯救自己的灵魂

执着

黄昏的暮霭里
我又看见了
花园墙壁上那只红蜘蛛
扭动着它柔弱的身躯
艰难地顺墙而上
爬到了它向往的那株海棠树上
横着竖着地编织着它的人生
然后
把自己牢牢地织在网中央
俯视着滚滚红尘

我的人生呢
他说在佛前求了五百年
才换来今生的相遇
却用一张无形的网把我罩住
让我独自负重前行

而我
让爱的狂热
弥漫在白昼与流水之间

在岁月的长河里
那份执着依旧

心里留着一串话

趁这微弱的灯光
我要把手中的笔
铸成一把斧头
砍断这世间的缠绵
用余生来慰
我曾经的梦想

趁这残败的夕阳
我要守候在窗前
看落叶旋转
用余生来舞
我裸露的情感

风绕着叶子
蓝天牵着白云
跨过一条长虹
用余生来忆
我的沧海桑田

黑夜在等天亮

在时光深处
我看见
他的灵魂被炸成了
一句句谎言
而我
心里一直留着一串话

有时候

有时候
走过熟悉的街角
看到熟悉的背影
突然想起一个人的脸

有时候
想起很多往事
突然想哭
却难过得哭不出眼泪

有时候
独自坐在窗前
心，颤抖着痛
誓言，将记忆吹皱

握不住的今生
是你忘了等我
断线的雨
唱着寂寞的歌

这辈子
最对不起自己的心
我让它
痛了一次又一次

隔着玻璃去吻你

没有夕阳
也没有云朵
白天辛苦了十二小时
赢回了夜空
时间不愿在等待里停留

黑夜的天空一片茫然
含羞草连同叶子闭着双眼
玫瑰轻轻地放着香
季节在轮回里转圈

夜色安抚着我的悲伤
我的心早已飞过千山万水
我要
让时光倒流
我要
让回忆穿越隧道
我要
隔着玻璃去吻你

我

我

耗尽了青春

皱纹爬满了额头

却拽不回

你空洞的灵魂

我

燃烧了热情

蹉跎了岁月

却焐不热

你冷漠的心扉

我

留在心尖上的沉痛

支撑在每一个孤夜

岁月无痕

道不尽心酸往事

我

浮肿的双眼

披一身烟雨
挑战滚滚红尘

我
愿在针尖上前行
筑一条锦绣前程

我的心里涌着悲伤

滚滚红尘
何处寻觅你的踪影
我要越过大海

心里带着忧伤
渴望拥抱
炊烟缭绕
我愿守着你歌唱

历尽风雨沧桑
转身漂浮已半生
寂寞与晚风相守
我在梦里与你相伴

现在回头
算不算太晚
我的心里涌着悲伤

只愿花儿对我笑

思念
伴着歌声飘扬
月儿
请将我的心捎向远方

守望的双眼已模糊
你是否
会想起我的好

风起云涌
相逢只在梦中
寻寻觅觅
愿你将笑容挂在嘴边

我的眼泪在流淌
曾经的爱已相隔天涯
我要永远把你珍藏

我不想再为爱受伤
只愿花儿对我笑

等到我心碎

云在飞
水在流
你可知道我的忧愁

往事随风
不曾愈合的伤口
独自吞下这杯苦酒

风吹泪眼
相思在心头
借晚风与寂寞相守

岁月悠悠
残留多少情和仇
我愿化风行万里
等你等到我心碎

找到了初心的自己

我的青春
被你撕得粉碎

朦胧的夜里
压抑已久的沉默
伴着辛酸的往事
我在月光下
洗涤半生的眼泪

空旷的田野
传来凄风的叹息
我向月色诉说我的遭遇
没有温情
没有爱的抚慰

慢慢人生路
泥泞大雨
是我无助的泪水
我曾在幻影里沉沦
在绝望中心碎

春风唤醒了我的沉醉

花香冲淡了记忆

我在风中，找到了初心的自己

雨一直在下

风在叶子间狂叫
雨在天空中飞舞
窗帘在灯影间游荡
我的心
在漆黑的巨浪里颤栗

空旷的花丛里
细纱挂在树枝
风吹落了花瓣
满地的洁白

我在雨夜等你
风吹散了秀发
赶走了寂寞
雨淋湿了我的眼睛
洗净了半生铅华

我吹着风淋着雨
等你一万年
雨还是一直在下

黎明前的黑夜

不管现实有多么残忍
绝望到无法呼吸
告诫自己一定要坚强

日子再苦生活再难
咬咬牙，挺过去
告诉自己
这只是黎明前的黑夜

行李箱

那个绿色的行李箱
无数次被我
扔在垃圾堆旁
看着拾荒者捡起
又慌忙地把它提回家

那个绿色的行李箱
里面装着
梦的衣裳

春去秋来
寒来又暑往
行李箱翘首张望
你却不知去了何方

如今
绿色行李箱
浑身锈迹斑斑
它依然躺在
家里的墙角下

我要在黑夜里歌唱

我的心
徘徊在黄昏与树梢之间
心房爬进了黑夜的围墙
我在围墙里哭着寻找
失去的青春年华

一串串眼泪
支撑着我走过的凄凉
我在泪光里寻找
年华里的光芒

沉重的身影
不值钱的微笑
伴我走过似水年华

我要在黑夜里歌唱
黑夜的尽头
潜伏着黎明的阳光

下雨

雨落进天空，淋在我的身上
整个院落都下雨了
土壤被雨水包裹起来
柔柔地瘫坐在污泥里低吟

雨落在叶上，掉了下去
雨打在花上，掉了下去
我看见
你的腰都被雨点打断了

我试着撑起一把伞
不让心变潮变湿
所有被隐藏的情绪
此刻
都化作了砖瓦的眼泪

想你的时候

总是在想你的时候
天空的乌云都会聚结
仿佛我吐出了多年的雾霾
于是悲伤加倍
让我得不偿失

期待前世轮回的光照
我要在黄昏的时候走进你的心脏
在心房上跳舞歌唱

忧郁的天空
覆盖着我的孤独
我不奢求你走进我的心脏
你到我无边的梦里来吧

我要利用每一个时辰去想你
把这希望再重复一遍

涅槃

一 页 一 页 地 歌 唱

人生旅途

人生旅途
并非鲜花和美酒
倦风叹息着
我的爱恋和悲愁

人生旅途
空荡的心在漂浮
纵使千辛万苦
也要努力向前走

蒲苇韧如丝
磐石溶成了泪
我要在人生的港口
肩负起生命的重任

雨绵绵
情悠悠
没有了玫瑰
锥心的回忆留心头

花儿谢了
痛苦存留着疤痕
我要把辛酸酿成美酒
品出生活的真谛

我要
擦掉眼泪
解开被时光封锁的脚镣
蹚过那布满荆棘的小路
踏进崭新的黎明

生命的花蕊

我穿过高山
飞越大海
你可曾听说
我在稻田里的呼唤

昨夜
我又路过
邂逅的那个街头
单车依旧
人已远走

我在
逝去的影子里停留
两颗心从此冷漠
留下多少秘密在其中

每当静寂的时候
孤独涌上心头
常梦见你
停泊在深夜的尽头

我要
斩断黄昏的影子
我要
点燃心中的火苗
从黑夜烧到天亮

生命的花蕊
从此绽放
我要用心抚慰
让花朵
把人间的哀愁羞掉

一页一页地歌唱

某些境遇
某些滴血的伤感
如同播下的种子
在血管里慢慢发芽

我在深渊里挣扎
在悬崖上奔跑
面色
惨白得像雪一样

心在梦境里沉浸
灵魂在秋千上摇摆
无法医治的伤口
在回忆里，缠绵

惊涛拍打着海岸
皮肤失去了光华
血液不再滚烫
我等月亮来消愁

往事悠悠
我在沙漠里前行
在厄运中徘徊
我的日子从未有过娱乐

黄昏的雾气
在蔷薇枯枝间飘过
带着痛苦和哀愁
伴我走过一个个无尽的寂寞

微风吹过
浮云飞逝
鱼沉在水底嬉戏
飞燕在空中盘旋
夕阳无限好
春已回大地

热情的春天里
我要翻开生命的画卷
一页一页地歌唱

捧一束暖阳

暖暖的阳光透过树叶
柔柔地洒在我的身上
我贪婪地为你捧了一抹
幽居在我心房的里室
想用阳光的温暖为你
抒写一段美丽的传说

告别往日的悲伤
卸下满身的疲惫
在梅花飘香的季节
我打开
紧锁的那扇心灵之门
等风，等雨
等你的千山万水

让幸福前来签到

我将停止悲伤
让微风将私语挂在墙上
我将停止呜咽
让明月将你埋葬
我将不再忧伤
让岁月把你遗忘

清风
在园子里嘶吼着
阴冷的草地上
消融着曾经的爱恨情仇
荒凉的旅途上
我要独自支撑到天亮

我梦想广阔的天空
期待流水的微笑
我要载着满心欢喜
抚育新苗成长

我等候着
让幸福前来签到

春来了

和风
在肌肤上轻吻
我坐在晨光里嬉戏
春风吻了我的脸
大自然从沉睡中惊醒

蜜蜂的喧哗
惊艳了含苞待放的花枝
新到的蜂蝶
在花蕊中吮吸

清晨的花香
毒了多少人的鼻
我以冒昧的指尖
触摸了你肌肤的暖气

悄悄地你来了
带着春泉般的气息
染尽了时空的一切颜色
让大地披上了美丽的外衣

那朵玫瑰真艳

时光悠悠
你在佛前跪着
求了五百年

雨很柔
风很轻
你手握的那朵玫瑰真艳

你奔赴而来
却错过了我最美的年华
你说有缘才能相遇
有心才能相知

我要冲破世俗的枷锁
勇敢地和你相爱到老

为我而来

海的浪花
洗净了我的泪
不相干的风
吹散了回不去的往事
惨淡的影子
埋葬了昨天的记忆

我站在生命之巅瞭望
茫茫人海
今生
谁才是生命的际遇

我要满怀期待
择一人相爱
等一人终老

我挥舞着汗水
种下爱的幼苗
我要让鲜花
开满心田

玫瑰长出了嫩叶
在花柄上站着
牵牛花的藤
也爬向了围栏

我斟满一壶酒
邀明月作陪
在花香扑鼻的海洋里
等你为我而来

等你在春天

我酿酒
却不饮酒
我憧憬荒唐
日子却过得与僧人一样

枯竭的心
长久地被空气侵蚀着
憔悴的心扉
渴望生机盎然

风刮走了乌云
卷走了忧愁
生命迎来了
温柔的赞歌

滚滚红尘
爱情让我不再孤独
等你在春天
无论多少年

生活的味道

轻柔的雨
那是我流下的泪
温热的风
那是我呼唤的希望

月儿圆了
花儿红了
草木发芽了
大雁终归没有衔来你的消息

一滴滴热泪
流到唇边
腐蚀了我的心房

太阳射到我的怀里
惊醒了梦魇
阳光透过窗户
向我吐出了笑脸

昨日的烦恼已经过去

我要用这热泪洗尽
一路的仆仆风尘
这原本就是生活的味道

迎接崭新的生活

大雁南归的清晨来看我
露珠儿干了星星挂满天

孤寂的夜晚
我把眼泪酿成一杯杯烈酒
和夜风把盏推杯
一夜无眠

夜风在树梢上沉吟
摇醒醉意蒙眬的我

借着酒意
我把记忆撕成碎片
窗外的玫瑰傲然挺立
料峭春风终究会把往事吹散

我听见
春天踩着叮叮当当的舞步
我是不是应该
迎接崭新的生活

曾经

曾经
我像一根羽毛
被狂风骤雨
打得晕头转向

曾经
我像蒲公英一样
只为沦落天涯

曾经
我被命运扼住
弄得这般羞涩

曾经
我不知道
勇往直前
就会到达心的方向

曾经
多少次回眸

多少噩梦啃噬着我的灵魂
是我固执的思想
桎梏了心之所向

时光轮回
我躺在幸福的影子里
站在了心的彼岸

终于
我知道
只要努力
就会获得成功的希望

你

你从晨曦中走来
带着伟岸的身躯
和羞怯的微笑

你把对我的万般宠爱
珍藏在
你迷人的酒窝深处

你把无限的柔情
淹没在
我那颗受伤的心里
我终于，忘却了
对远方的怀念

早已凋零的花朵
在尘埃里　晃来晃去
血液在我体内流动
我的心又开始跳跃了

我想拥抱太阳

和我分享苏醒了的大地
紫红的朝霞
释放出醉人的快乐

不管命运多么残酷
在如此美好的时光里
我要打开希望之门
让阳光伴着你
来到我的身边

透过窗户的微笑

我不想醒来，因为
被窝很暖
梦境真美
这样多好

我不想起床，因为
现实很残酷
人性很复杂
人心很冷漠
我不想
在生活的尘埃里打滚

你抑郁了吗
你被生活打倒了吗
透过窗户
我看到了女儿的微笑

我从梦境中惊醒
从床上站起来
我的铠甲呢

原来

铠甲一直穿在我的身上

一直铸在我心里

我和你

我是波涛
你是那陌生的海岸
我要变成浪花
依偎在你的身旁

我是云彩
你是那陌生的树干
我要化作一股清风
抚摸你的脸庞

我是浴缸
你是那美丽的姑娘
我要溶成一滴滴甘露
吻在你的唇上

我要让你软软的温柔
在我的肢体上
生根发芽开花

人生

内蒙古大道的路上
车多人多
此起彼伏的喇叭声
让我感觉到一天是多么地忙碌
那个横穿马路的女人
成了人流中最亮的风景

开车的、蹬三轮的、骑摩托的、走路的
都在忙着奔赴各自的人生
尽管他们的人生
是阴郁的、皱眉的、疲乏的、苦的、累的
还是开心的、清闲的、欢乐的、幸福的
他们中的人永远不会知道
另一个人心里发生的事
更不会知道
另一个人装模作样的体面

我讨厌自己真实的人生
它让我遭遇了许多黯淡的日子
让我的灵魂

充满了一种忧郁的情绪

阳光洒到我的怀抱
透过车窗玻璃
让我感觉如此快乐
蒲公英不顾风的威胁
捎来了话
让我用美好的心灵
看世间万物

于是
我挥舞着手中的笔
砸开了心里尘封的禁室
彻底毁掉它
阳光普照到它的边缘
从此
与美好的人生相依相随相伴

孑立是最有力的武器

太阳一如既往地洒下来
照在我的脸上、手上、臂膀上
红玫瑰早已忘了季节
洋溢着它青春的美
绿兰花绽放着它娇羞的身姿
风吹着树枝
连同它的叶片一起
来回摆动

我依旧喜欢一个人
坐在花园里
握着手里那只纤细的笔
书写着被我砍成段段的过往

尘封的痛苦
留下了深深的烙印
却炼就了如此坚强的我
于是
我更加欣赏自己了

铁是愈炼愈硬的

人不是生下来就成为将军的

感情让我走上了迷路

孑立是

最有力的武器

爱的意义

我躺在地上
躺在它潮湿的胸脯上
仰望星空中的那朵云彩
聆听着云彩里传来的轰鸣声

你走过我的旁边
一双瞧着我的眼睛那么甜
喔，我知道了
你的心跟我情意绵绵

除你以外，我不想看任何别的东西
不想思考任何别的事情
就像，天空有了太阳
鲜花才会开放
人因为有爱，生命才有意义

让幸福住进她的心房

她的生命
稚嫩得像朵花苞
未曾经历过风吹雨打

她的呢喃
甜蜜了生活的安详
她的微笑
慈悲了做母亲的心肠

雨开始大起来
从头顶到鼻尖滑下
瘦弱的身躯
淹没不了
城市的喧闹

月下
秋虫凄婉的哀叫
也沁润不湿
我干枯的睫毛

孤独的黑夜
我怀抱着
血淋淋的胸膛
生活的苦难
我已全部品尝

我不要让她
知道生活的悲凉
害怕痛苦印在她的心上

我要让地上的花朵
开满爱恋
让幸福住进她的心房

与善良和光明同行

我不喜欢月亮
月亮有点阴狠
在明媚的早上
坐在挂满红珊瑚的院子
看歌德的《浮士德》
写自己人生点滴的诗

一阵轰鸣声传来
飞机带着它的使命从我头上掠过
我仰望着它渐行渐远的背影
而我，依旧坐在这个院子里
不温不火、不惊不喜
感受着心灵的沉默

关于埋藏在院子里的那个土罐子
引起了我无限的悲愁
我决定，在太阳出来的时候打开它
把冰糖融进它圆敦敦的肚子里
勾兑出甜蜜的味道
渗透到它的每一个毛孔里

一只喜鹊向我奔来
露出清新健康的微笑
犹如夏天的一阵大雨
洗涤了我心灵深处的尘埃和忧伤
从此，善良和光明罩着我一路前行

笑脸

如果不曾遇见
我会一直躲在躯壳里
用日月星晨熬成的汤
喂自己喝下

如果不曾相见
我会静静地躲在夕阳里
用四季年轮煎成的药
灌自己喝下

偶然的擦肩而过
我瞥见了一张笑脸

于是，我决定
趁着黑夜，悄悄地把药罐
从躯壳里盗出来
粉碎在暮霭笼罩的夜晚
我要抱着你的笑脸入睡

那是我遗失的右心房

我害怕这无边的寂静
在寂寞的夜里
我把心逼出来跳动

谁在悲伤谁在歌唱
左心房告诉我
她这里住着悲伤
右心房告诉我
她那里住着歌唱

夕阳带着余晖
惊醒了我的梦魇
秋风骤起
秋蝉凄厉的叫声
在空气中弥漫
悲吟着生命的消弭

夜抖动着那张
用阴郁编织的大网
把黑暗撒向大地

我的铠甲呢
那件用血和泪
铸就的漂染物
我要趁着黑夜去远方
寻找我的右心房

天空中突然飘来一首歌
“我有一件梦的衣裳
用青春欢笑编织的衣裳……”
你听
那是我遗失的右心房

向生活微笑

冷风在院子里来往
吹起我沉重的往事
多年幽闭的烦闷
随季节来到

残钟在夜里扰人
伤口如啼春的小鸟
小草低着头
眼泪淹死了我的心

岁月沧桑
我已染透了白发
生活的辛酸
胆怯得不敢回望

花香落日
黄昏拂到我的脸颊
我要抹去忧伤
向生活微笑

新郎

历经千帆
成就辉煌
人生下半场
我要恋
最帅的新郎

做最美的新娘

趁

残云还未逃隐

我要

在爱情的狂野里流浪

趁

时钟还在转动

我要

寻找最好的情郎

黑夜

从门缝里溜进来

我要

拥抱着你的灵魂

享受爱的芬芳

今夜无眠

我要

做最美的新娘

余

一页一页地歌唱

我是父母的女儿

我想去太空遨游
摘下一颗属于自己的星星
我想策马奔腾在那青青的草原
我想追逐那洁白无瑕的云朵

可我，承载着家族的命运
可我，怕触接到父母无助的眼神
人生旅途，唯有小心翼翼地
把灵魂交给黑夜
把躯壳留给自己

从此，不敢再放纵自己
从我懂事的那天开始

夕阳西下

夕阳西下
太阳不知道它犯下的错
我日夜浇灌的幽幽兰花
敌不过骄阳似火

蔷薇在墙角暗自庆幸
向日葵低下了头
只有茉莉花摇曳生姿
炫耀着它的洁白

月亮领着繁星点亮夜空
太阳被秋蝉执拗地摁在黑夜里
我知道无论多么不甘
一切都抵挡不住时间的侵蚀

月亮也笑了

月亮浸满了思念牵挂
和刺鼻的消毒水味道
阴冷的风不安地来来去去
走廊里凌乱的脚步声
和家属们刻意放轻的谈话声

父亲躺在医院的病榻上
我打开一盒
平时他舍不得喝的特仑苏
小心翼翼地让父亲一口口喝下

满是皱纹的脸上
挂着几颗豆大的泪珠
我知道那是断脚引发的
锥心刺骨的剧痛
我握紧父亲的手
告诉父亲不要怕
我会一直在身边

小时候我嚷着不吃麦面和红薯

父亲背着麦面和红薯
步行到五十公里外的亲戚家
只为换回我喜欢吃的大米
而他却整天啃着
两个硕大的红薯
我总是穿着适合时令的衣服
父亲却光着脚丫
穿着补丁套补丁
甚至看不出衣服原有的布料
父亲总是告诉我
万般皆下品，唯有读书高
父亲说我是他的骄傲
而父亲是我的温暖和光

“哎呀，哎呀，哎呀呀
脚疼，脚疼，脚好疼”
父亲突然向我撒起娇来
像小时候我撒娇一样

中秋的圆月
已经高高地挂在天空中
向大地洒下皎洁的月光
云很淡、风很轻、月光很美

父亲笑了，我笑了
月亮也笑了

独处即心安

轻轻地关上门窗
隔去外界的喧闹
一个人独处
细心品味寂寞的滋味

寂寞得心安
孤独得快乐
放下心中的惦念
真心体会
寂寞是更有价值的清静

人不独处
不会有冷静缜密的思考
寂寞是辉煌的前奏
在孤独中寻求自我
实现自我

人在旅途
心安即家
孤独是
所有杰出人物的命运

柠檬

那天中午
天空还一个劲地挥洒着
我喜欢的冬日暖阳
突然
我的头好晕
脚耙手软地要倒下去

我支撑着快要窒息的身躯
在要倒下的瞬间
一人独自面对风霜

病毒如此凶险
悄然来到我的身边
我躺在床上
经历着各种磨难

听说柠檬能预防
我安慰着躺在床上的自己

病毒如此渺小

威力如此巨大
恍惚中我看见了
那一缕缕阳光下面
挂在枝头的青柠檬
吐着羞涩的芬芳
让我触手难及

我帮你买了柠檬
放在你的门口
当我从恍惚中走出来
看见手机上的留言
感受到门口袋子里装满了
爱的味道

我激动地从袋子里
拿了一个青色的柠檬
把它揉碎
我触摸到了它的清凉
金黄而酸酸的淡水
清洗着病毒的余威

从此
幸福之花开满枝头

你是那阳光
我是你日以继夜的向日葵

酸酸涩涩的柠檬
我觉得它无比美味
就像我爱上了你
满眼是你满心是你